무슨 일이 있니?

-응

2024. 12. 권김현영.

수신인도 발신인도 아닌 씨씨

수신인도 발신인도 아닌 씨씨

권김현영

위즈덤하우스

차례

"실망은 애착의 대상이 원하는 것을 주지 않을 때 느끼는 감정이 아니라 실망스러운 대상으로부터 자신을 떼어놓지 못할 때 느끼는 감정이다." —안드레아 롱 추, 2019

씨씨에게는 주변을 끄는 힘이 있었다. 사람이 아니거나 사람으로 취급되지 않거나 심지어 사물들조차 틈만 나면 씨씨에게 몸을 붙였다. 학원을 갔다가 집으로 돌아온 씨씨의 가방과 몸에는 그 결과들이 잔뜩 붙어 있었다.

먹다 남은 음료수가 텀블러를 꽂아두는 가방 옆주머니에 꽂혀 있다거나, 옷 어딘가에 잘 떨어지지 않는 두꺼운 양면테이프로 덧댄 포스트잇이 붙어 있던 경우도 있었다. 씨씨의 양육자들은 처음엔 괴롭힘의 증거라고 의심했다. 등 뒤에 포스트잇을 붙이는 건 고전적인 괴롭힘의 표식이다. 하지만 막상 포스트잇에 적힌 문자를 보고는 혼란에 빠졌다. 거기엔 그저 씨씨의 이름이 쓰여 있었을 뿐이었다.

— 무슨 일이 있니?

— 아무것도.

질문이 틀렸다는 걸 알게 된 건 나중이었다. 당시엔 씨씨도 무슨 일인지 몰랐기 때문에 대답할 수 없었다. 양육자들은 씨씨에게 무슨 일이 일어나면 즉시 알 수 있을 거라고 생각했지만 씨씨 또한 평생을 그들과 함께 지냈으므로 아무 일도 일어나지 않은 것처럼 구는 것은 아주 쉬웠다.

— 그들이 생각하는 요즘 애들 같은 표정을 지어주고 별일 아니라는 손짓만 하면 끝. 양육자로서 해야 할 의무는 다했다는 기분을 맞춰주면 더 이상 묻지 않거든. 그들은 자신들이 꽤 진보적이라고 생각하니까.

씨씨는 어느새 다가와 머리를 디밀고 있는 노고의 귀 뒤를 능숙하게 긁어주며 말했다. 씨씨 옆에서 같이 걷던 권은 슬쩍 물었다.

— 왜 양육자라고 불러?

— 친엄마가 아니냐고? 생식을 통해 나에게 유전형질을 전달한 사람이냐고 묻는 거라면 친엄마 맞아. 잉태하고 낳고 키운 전형적인 사례지. 그렇게나 전형적인 루트로 엄마가 되었는데도 가끔 누군가의 친엄마가 된 자기 자신을 낯설어하는 게 귀엽다니까. 지난봄에 주차장에서 누가 씨씨 엄마라고 부르는데 누구의 엄마라고 불리는 것에 저항하려고 하는 사람처럼 아주 천천히 돌아보더라고. 그 장면을 보고 난 다음부터 양육자라고 부르고 있어.

— 그런데 '그들'이라고 하지 않았어?

— 응. 내 양육자들은 복수거든. 유전형질을 전달한 주양육자가 있고, 그가 맺는 인간관계에 따라 두 명에서 많게는 네다섯 명까지 일종의 공동육아를 하고 있어. 뭐 흔한 경우지. 십대 임신과 쉼터 및

여성단체 연결망. 매우 뛰어난 학업 능력을 가진 대신 매우 형편없는 생활인으로서의 주양육자를 돕기 위한 자원들이 집적된 형태랄까. 아직까지 이런 걸 운에 맡기는 건 좀 이상한 일이지만, 역시 운이 좋았던 셈이지.

— 그래서 아무것도 말하지 않을 거야?

— 말하지 않는 편이 나아. 내 주양육자는 엄마라는 말은 그렇게나 어색해하면서도 나한테 뭔가 안 좋은 일이 일어난다면 본인에게 어떤 방식으로든 책임이 있다고 생각한다는 점에선 아주 전통적인 사람이기도 하거든. 나는 그가 나를 적당한 거리에서 양육해주길 바라지만 나를 자기 자신으로부터 떼어져 나온 무엇으로 생각해야만 한다는 강박은 벗어났으면 좋겠어. 실제로 그렇게 생각하는 것도 아니면서 그렇게 생각해야만

하는 건 아닐까 하고 불안해하곤 했거든.
지금의 이런 관계를 정립하기까지 걸린
시간을 생각하면 굳이 그걸 무너트리는 건
낭비야. 일단 말해봤자 뭘 할 수 있겠어?

씨씨는 노고를 쓰다듬던 손길 옆에서
차례를 기다리는 것처럼 고개를 내밀고
있는 권의 머리카락을 쓰다듬었다. 씨씨의
가방 안에 들어 있던 음료수는 이번 달에
출시되어 선풍적인 인기를 끌고 있어 번번이
사는 데 실패한 신상 초콜릿 음료였다. 그걸
딱 한 모금만 먹어보고 싶다고 말한 다음
가방 안에는 딱 한 모금만 마신 그 음료수가
생겼다. 엄마를 양육자라고 부르기로 한 다음
씨씨는 자기를 이제부터 씨씨라고 부르기로
정했다고 주변에 알렸지만 아직 그 이름으로
제대로 불리고 있지는 않을 때 씨씨라고 적힌

포스트잇이 등에 붙었다. 그다음부터 씨씨는 비로소 원한 대로 씨씨라고 불리게 되었다. 그 포스트잇에는 씨씨 뒤에 두 개의 점이 찍혀 있었는데, 권은 이 두 개의 점이 뭘 어떻게 해야 할지를 몰라서 망설이는 짝사랑의 흔적 같아 보인다고 해석했다. 권의 해석에 완전히 동의하지는 않았지만 일방적인 것치고는 상당히 조심스러운 감정들이 씨씨의 주변에 표 나게 쌓여가는 것만은 사실이었다. 그거 말고도 씨씨의 동선 앞에는 씨씨와 권만이 눈치챌 수 있는 미묘한 우연의 일치들이 발견되곤 했다. 예컨대 늘 대기하는 스마트 버스 정류장에 그날 흥얼거린 노래가 재생된다거나, 배달을 시킬 때마다 어떤 집에서 시켜도 씨씨의 현재 최애 음료수가 들어 있는 식이었다. 의도라기에는 너무 번거로운 일이고 그냥 넘어가기에는 유사한 일이 일어나는 빈도가 너무 주기적이라서 우연으로 치부하기가 어려운 일들이었다.

— 일종의 스토킹이잖아.

권의 해석은 씨씨의 기분에 따라 달라졌다. 씨씨의 기분이 좋지 않아 보일 때는 스토킹, 괴롭힘, 음습 같은 단어들이 나왔고, 괜찮아 보일 때는 짝사랑, 망설임 같은 단어들이 나왔다. 씨씨의 기분에 따라서 그 어느 쪽으로든 해석이 가능했다는 얘기다.

— 기분이 나쁜 건 아니야. 나쁘기보단 이상해.

씨씨는 혼잣말처럼 한마디 한 다음 생각했다. 주변을 맴돌 뿐 직접 뭔가를 요구하지는 않으니까. 씨씨가 일종의 휴머노이드 머리빗이 된 다음부터 이전과 똑같이 대하는 사람은 권밖에 없었다. 아니 권도 머리를 쓰다듬어달라는 빈도가 훨씬 늘어났으니까 아무도 없는 건가. 여기까지 생각하고 난 다음에 자신의 다음 말을 기다리는 권을 보고 씨씨는 다시 권의 머리 안에 손가락을 넣고 천천히 빗어주었다.

씨씨는 자신의 손을 들여다보았다. 길고 굵고 뭉툭한 따뜻한 손이었다. 씨씨는 남들보다 체온이 높았다. 어릴 때부터 전자 제품에 손을 대면 자주 고장 났다. 주양육자는 기부받은 물품의 내구성을 의심했다. 하지만 씨씨는 이유는 모르지만 원인이 자기한테 있다는 건 알았다. 마트에서 카트만 끌어도 마찰력과 정전기가 동시에 발생했다. 검사

결과 체온이 높은 데다가 몸 안의 수분이 적어서 정전기가 잘 발생하는 체질이라고 했다. 의사는 의사답지 않은 처방을 내렸다.

— 물을 자주 먹고 겨울엔 특히 수분 크림을 듬뿍 바르세요.

— 약으로 할 수 있는 건 없나요?

의사는 고개를 저었다.

— 해열제를 먹으면 안 되나요?

— 체온은 결과이지 원인이 아니에요. 프로게스테론 수치가 높아서 체온이 남들보다 좀 높은 거라고 보시면 돼요. 이것도 결과이지 원인은 아닌데 뭐 인간은 다양하니까요.

불필요하게 환자를 겁주지 않는 방침을

가진 협동조합의 의사답게 의사는 친절하지만 적당히 무심하게 설명을 이어갔다. 체온이 상당히 높은데 이건 임산부의 체온이 약간 높아지는 것과 같은 원리라고 했다. 에너지 소모량이 많을 테지만 이 정도 체중을 유지하는 걸 보면 인체가 이미 적응한 상태라고 보아야 한다고도 했다. 주양육자를 보면서 절대로 종의 재생산 같은 것에 참여하지 않겠다고 생각했는데 호르몬 수치와 체온이 임산부와 비슷하다니 웃기는 일이라고 생각했다. 상황을 과장하지 않고 침착하게 말하는 의사 앞에서 차분한 마음으로 설명을 듣고 나왔는데 그렇게 사소한 일은 아니었다.

체온이 높은 것보다 일상생활을 불편하게 한 건 정전기였다. 주변 사람들을 약하게 감전시키는 일은 흔했다. 사람들이 아얏 하고 짧은 비명을 지를 때마다 씨씨는 움츠렸다. 대부분 정전기는 상호작용의 결과이기 때문에 누구를 탓할 일은 아니지만 원인의 대부분은 자신의 체질 때문이라는 걸 아는 씨씨는 점점 더 사람들과 교류하는 것을 줄여갔다. 열이 많은 정전기 인간의 쓸모를 가장 먼저 눈치챈 건 길고양이 노고였다. 마주칠 때마다 배를 뒤집고 머리를 디밀면서 기어이 온몸을 쓰다듬게 하던 노고는 눈에 띄게 모질이 좋아졌다. 그동안 노고에게 사료를 챙겨주던 큰모자의 말에 따르면 노고는 사람을 따르는 법이 없었다 했다.

— 그런데 왜 노고예요? 노란색 고양이라서인가?

큰모자는 가방에서 작게 소분된

비닐봉지를 꺼내 사료를 그릇에 쏟아내며 고개를 저었다.

— 아니, 얘가 내가 좋아하던 노고지리를 죽였거든. 밥을 주면 새를 죽이지 않을까 싶어서.

자기가 죽인 새의 이름으로 불리는 고양이와 그런 이름으로 부르며 사료를 챙겨주는 큰모자. 씨씨의 주변에서 있는 것들은 대체로 이런 식이었다. 애정을 주고받는다기보다는 대상과 타이밍이 어긋난 애정의 빈자리를 그때그때마다 일시적으로 메꾸고 있어서 얼핏 들으면 악취미 같아 보이는데 조금 더 들여다보면 또 그럴 만한 충분한 사정이 있었다. 큰모자는 사람을 따르는 법이 없는 노고가 씨씨한테만은 다르다고 했지만 어떻게 봐도 따르는 건 아니었다. 노고는 씨씨를 몸을 쾌적하게 말려주는 드라이기 정도로 취급했다. 씨씨를 만난 이후 노고의 거친 모질은 눈에 띄게 좋아졌고, 고양이 비듬을 비롯한 각종 피부 질환도 사라졌다. 동물권 활동가와 동물병원, 캣맘, 고양이 애호가 등의 입에 씨씨가 오르내렸고, 그 결과 씨씨의 소셜은 점점 눈에 띄게 북적였다. 자신의 다정을 내보이고 반려동물의 미모를 자랑하는 데 심취한 이들이 주로 모여 있는지라 가끔 왕진 요구를 거절해야 하는 곤란 말고는 크게 마음이 상할 일은 없었다.

— 씨씨님, 저희 애도 한번 보러 와주시면 안 돼요?

— 죄송하지만 제가 일도 하고 학원도

다녀서 시간 내기가 어려워서요.

그런데 유난히 어려 보이는 사진이 올라간 다음부터는 딕픽(Dick Pics)을 보내는 이들이 생겼다. 손에 싸도 돼? 같은 말과 함께. 처음에 그런 메시지를 받았을 때는 이거 니 꺼 아니잖아라고 놀려줄 수 있다고 생각했는데 몇 번 대화를 섞어본 다음에는 상대하지 않기로 했다. 보낸 사진을 사람들에게 공개할 거라고 엄포를 놓은 적도 있었는데, 자신은 변호사라며 그렇게 하면 너만 공연음란죄로 처벌받는다고 이죽거렸다. 그 이후 씨씨는 소셜에 올라간 자신의 얼굴 사진 중 어리게 나온 사진을 모두 내렸다. 처음에는 너무 어려 보이는 사진만 내렸다가 점점 정면 사진은 올리지 않게 되었고, DM이 올 때마다 올라간 사진을 한번씩 점검했다.

— 큰 문제인 건 아닌데 모기가 왱왱거리는 것 같아서 한번 싹 죽이고 싶어.

하지만 권의 말에 따르면 그런 사진을 보내는 이들 중에는 높은 확률로 자신을 모욕해주기를 바라는 성향자들이 있다고 했다.

— 혼내줄수록 더 해달라고 하다더라고.

— 어째 말이 안 맺어지는 걸 보니 너…… 들은 얘기가 아니구나?

권이 해준 이야기는 이랬다. 화장품 방판을 하면서 공구도 하는 H가 실시간으로 화장을 하는 숏츠를 최근에 인스타에 올렸는데 그 영상에 나온 H의 미모가 숨이 막힐 정도였다고 했다. 원래도 권은 H의

얼굴이 얼마나 자기 취향인지에 대해 여러 번 떠든 바 있었지만 마치 굉장히 새로운 사실을 발견하기라도 한 것처럼 떠들어댈 기세였다.

— 그래서?

— 그 숏츠가 터져서 주문이 너무 밀렸다고 도와달라고 하길래 물품 배송하는 당일 알바 뛰러 갔지. 주문 들어오는 화면을 미러링 해서 65인치 모니터에 띄워놓고 확인하고 있는데 내가 실시간으로 본 고추 사진만 여섯 개인가 그랬어.

권은 호승심에 혼내주겠다고 나섰다가 그만…… 자신의 심연을 마주치게 되었다고 했다.

— 쌍욕을 했더니 다시는 안 보내겠다고

순순히 사과를 하더라고. 그러더니 부탁이 있대. 내가 한 쌍욕을 녹음해서 보내달라고 하는 거야. 너 주인님을 찾는 개 주제에 나르시시즘을 못 버렸구나? 라고 보냈더니 그다음에 아주 난리가…… 그때 내 전두엽에 도파민이 강처럼 흘렀을 거야. 너무 재밌어서 내 계정이었으면 제대로 놀아줄 뻔했지 뭐야.

— 너 남자랑도 연애가 되는 거였어?

— 이거는 연애가 아니…… 됐다,

내가 너랑 무슨 얘기를 하겠냐.

정상가족중심주의자한테.

씨씨가 정상가족을 원하는 건 정상을 동경하거나 정상성이라는 개념에 동의하는 게 아니라, 모두가 합의하는 공유된 상식의 세계에서 살면 자신을 보호할 수 있을 것 같기 때문이었다. 사람들은 점점 씨씨의 체온과

저수분으로 인한 부수적 효과를 눈치채기 시작했다. 씨씨의 체온은 천연자원이었기 때문에 어떤 사람들은 그것을 귀하게 여겼고 어떤 사람에게는 그것이 필요가 없었고 또 다른 사람들은 함부로 취급했다. 씨씨는 다양한 방식의 거절법을 그만 익히고 싶어서 가족을 가지고 싶은 거였다.

며칠 만에 집에 돌아와 속옷을 챙겨 가는 주양육자의 의견은 달랐다.

— 한번만 달라고 껄렁하게 말하거나 제발 만져달라고 부탁하거나 별거도 아닌 걸로 왜 이 난리인 줄 모르겠다는 사람들 다 근본적으로 같은 인간들이야. 상종을 마.

— 하지만 엄마. 근본 같은 건 원래 없다며?

아직 양육자를 엄마라고 부르던 때 씨씨는 그렇게 물었다.

— 너를 귀하게 대하건 함부로 대하건 너를 도구로 사용하는 건 똑같다는 얘기야. 네가 네 몸을 어떻게 쓰고 싶은지 정하기도 전에 네 몸이 어떤 식으로 사용될 수 있는지 사람들은 이미 알아. 네가 정하기 전에 네 몸을 자기 것처럼 사용하려는 사람들한테는 아무것도 주지 마.

그러고는 무슨 실험 때문에 당분간 계속 이럴 거라며 집을 나갔다. 씨씨가 성인이 된 다음부터 주양육자는 거의 집에 들어오지 않고 매일매일을 실험실에서 살았다.
걱정하는 체했지만 아무것도 주지 말라는 말은 아마도 씨씨에 대한 이야기가 아니라

양육자 자신에 대한 이야기일 터였다.

양육자는 통제가 아닌 보호가, 폭력이 아닌 애정이 실존한다고 믿지 않았다. 열세 살에 양육자가 3주간 경험한 거리는 그러했다. 거리에서 만난 순하게 친절한 사람들은 가족에서 뛰쳐나올 수밖에 없는 상황에 대한 이해도가 매우 낮아서 결국은 파국에 이르렀고, 과도한 관심은 언제나 그 나이 또래 여자애들에게 붙어 있는 남성들의 성적 환상을 구체화할 수 있는 가능성과 연결되어 있었다.

— 이상할 정도로 구슬리는 말투 뒤에 쿵쾅거리는 시끄러운 심장 소리가 특유의 향과 뒤섞여 귀와 코를 모두 마비시켰던 기억은 지금도 선명하게 복기할 수 있어. 공감각적 마취 상태를 인체가 재빠르게

해냈지만 그때 처음으로 공기가 무겁다는 걸 알았지. 그렇게 먼지 가득한 곳에서 살았는데도 몰랐었는데 말야.

양육자의 파란만장했던 거리 생활은 갑작스러운 부모의 부고로 종결되었다. 이들의 죽음은 신문기사에 소위 '동반자살'로 표현되었다.

— 죽이지는 않았으니 고맙다고 해야 하나. 이상한 책임감으로 한 인간의 생명을 동의 없이 빼앗아갈 정도로 정신 나간 상태는 아니었으니까 다행이었지.

양육자를 키운 건 이미 생을 달리한 부모가 아니라 젖었다가 마르기를 반복하면서 나는 특유의 퀴퀴한 종이 냄새가 배어 있는 책으로 가득찬 방이었다. 엄마 쪽의 아버지, 그러니까 요즘은 더 이상 안 쓰는 말이 된 외할아버지가 남긴 재산은 그 낡은 집 한 채였다. 그 안에는 흔한 골동품 하나 없었고 책도 값나가는 건 없었다. 이 집을 상속받는 게 마지막 희망이었던 모양인데 알고 보니 제대로 등기가 되어 있지 않아서 불법점거를 한 상태였다고 했다. 양육자의 목표는 성인이 되는 시간까지 기다렸다가 부모로부터 벗어나 완전히 한 명의 개인으로 독립하는 데 있었고, 문자로 된 것은 모조리 머리에 집어넣어서 이 독립을 마침내 해낼 수 있다면 못할 것이 없었다. 타고난 머리로 언어의 세계에 몰두하여 자신의 계급과 젠더에 대한 비-재생산자가 되겠다고, 즉 자수성가하겠다고 굳게 결심한 바였다.

하지만 그 결심은 부모라고 불리는 이들의

가출과 뒤에 이어진 '사고', 즉 동반자살이라는 사건으로 갑작스럽게 종료되었다.

그들이 살고 있던, 아니 그냥 무단 점유하고 있던 낡은 주택에 모르는 이들이 찾아오는 빈도가 늘던 중에 일어난 일이었다. 처음엔 그 상황을 믿을 수 없었다. 본인이 가출을 하고 싶다는 생각만 했지 부모가 가출을 할 거라는 생각은 전혀 못했다. 집에 남아 있을 수 있는 시간은 고작 이틀이었다. 집은 부서졌고 머물 곳은 거리였다. 가출한 여중생은 거리에서 무해할 뿐만 아니라 쓸모 있는 존재였다. 뉴페이스는 환영받았다. 특히 나이가 많은 남자들에게. 그들은 견적서와 영수증을 보내면서 유일하게 믿을 수 있는 건 자기뿐이라고 열렬하게 설명했다. 씨씨는 그렇게 보낸 3주 이후에 양육자의 몸속에 남겨진 '것'이었다. 드라마에서는 이런 경우의 소재라면 불우한 환경에도 불구하고 세상에 유일하게 남은 피붙이인 아이만을 포기할 수 없는 고난의 모성애 서사로 그려졌을 것이다. 하지만 양육자는 타인과의 관계 속에서 전혀 편안함을 느낄 수 없는 사람이었고, 그것은 자식도 예외는 아니었다. 부모가 나간 집에서 더 이상 살 수 없어서 나오게 된 임시적 가출은 부모의 죽음과 함께 영구적인 것이 되었다. 여러 시설을 옮겨 다니는 것은 그 전의 삶보다 크게 나빠진 것도 없었다.

살아남게 된 것 자체가 부모의 관심 없음에서 비롯된 것이기 때문에, 어찌 보면 씨씨의 주양육자가 타인의 존재 자체를 침해로 받아들이는 것은 이상한 일이 아니었다.

씨씨도 그 점을 잘 알고 있었다. 자신의 이름을 씨씨라고 붙인 이유였다. 종이와 종이 사이에 먹지를 끼워놓고 쓰면 위에서 누른 글씨가 먹지를 통과해 수동으로 복제가 된다. 그 먹지를 영어로 Carbon Copy라고 하는데 그걸 줄여 C.C.라고 한다. 이메일함에서 수신인이 아닌 사람을 넣어서 보내는 것처럼 끼어들어 있지만 대답할 수는 없는 위치. 씨씨는 그 이메일의 참조된 사람이 꼭 자기와 같은 위치 같았다. 되게 중요한 사람이거나 높은 사람일 수도 있고, 아랫사람일 수도 있는 씨씨. 하지만 이메일의 발신인도 수신인도 아니기 때문에 말할 자리가 주어져 있지 않은 위치.

사람들이 자신의 손을 가져가서 무엇을 해도 상관없었던 이유는 거기 있는 자신이 나라는 감각이 잘 없었기 때문이다. 휴머노이드 빗이나 인간 드라이기라고 친근하게 놀리듯 얘기하는 이들에게 몇 번 같이 웃어줬더니 어느새 이들은 그 별명을 씨씨가 스스로 지어 불렀다고 진심으로 믿었다. 두 별명 다 씨씨가 아이디어를 낸 건 사실이었지만, 당연히 사르카즘이었다. 하지만 사람들은 어린 여자의 냉소주의를 진지하게 여기지 않는다. 엄마가 아니라 양육자라고 불렀던 것도 씨씨 특유의 사르카즘이었다. 씨씨는 가까운 사람일수록 사람의 신경을 어떻게 하면 긁을 수 있는지 잘 알았다. 머리카락을 다정하게 쓰다듬으면서 냉소적인 말을 잘도 하는 씨씨는 필연적으로 많은 섭(서브미시브, BDSM에서 지배당하는 위치)들의 은밀한 우상이었다. 권은 씨씨가 아무것도 모른다고 생각하는 모양이지만,

그들의 애원에 아무런 감흥이 없었을 뿐이다.

— 역시 너였구나.

씨씨가 마침내 등장한 D에게 무엇을 원하냐고 물어보자 D는 이렇게 답했다.

— 나는 너에게서 아무것도 원하지 않아.

아무것도 원하지 않는다니, 황홀한 말이었다. 씨씨는 저 말이 마치 자신을 사랑한다는 말처럼 들렸다고 했다. 그 이후의 시간은 아주 빠르게 흘렀다. D와 씨씨는 보통의 커플들처럼 사이가 좋았다. 그동안 씨씨의 상대들이 하나같이 씨씨의 손길을 받는 인간과 비인간동물에 대해 불만을 가졌던 것과는 달리 D는 전혀 간섭하지 않았다. 정전기를 발생시킬 수 있는 도구와 체위를 제안하지도 않고, 체온이 높은 몸과 하는 성기결합섹스가 줄 수 있는 최고조의 흥분에 대한 포르노그래피 장면들을 재연하고자 하는 법도 없었다. 다만,

D는 가끔 여신님이나 여왕님 같은 말을 쓰고 싶어 했다. 그러면서 애인을 애기야라고 부르는 남자들이 얼마나 변태적인 새끼들인지를 욕했다. 애인을 오빠나 아빠라고 부르는 여자들은 경멸과 냉소의 대상이 되었다. 씨씨도 크게 다르게 생각하지는 않았다. 하지만 뭔가 계속해서 위화감이 들었다. 분명히 크게 다르게 생각하는 건 아니고 자신 역시 바로 저렇게 생각하는 면이 있기는 한데 D와는 그 정도와 밀도가 달랐다. 씨씨는 저런 생각을 하기 전에

앞에 잔뜩 뚱뚱한 문장들을 괄호로 넣어두고 있었다. 연애는 둘 사이의 (어떤 경우는 둘 이상의) 친밀한 관계에서 가능한 것을 오직 그들 사이의 협의를 통해 무엇이든 시도해볼 수 있는 작은 네이션이다. 그 법은 둘이 같이 제정하고 공표하고 시행해야만 의미가 있다. 애기야라는 호칭이 그 세계에서 허용 가능하다면 그것은 큰 문제가 아니다. 하지만. 까지가 그 괄호 안의 문장들이었다.

— 애기야라니. 그럼 나는 응애응애라고 해줘야 하냐고.

이렇게 말한 것은 분명 씨씨였다. 애인을 오빠나 아빠라고 부르는 게 얼마나 근친상간적인 표현인지, 혈연가족 내의 섹슈얼리티를 금지함으로써 가족 내에서 착취당해왔던 여자아이의 섹슈얼리티가 유예될 수 있었던 것이 우리 문명의 약속이었는데 오빠가 아빠 된다는 건 그걸 깨고 싶다는 욕망의 표현이자 가족 내 섹스의 부재에 대한 알리바이가 되는 거 아니냐는 얘기를 한 것도 씨씨였다.

— 오빠라고 불러달라는 남자들은 자기 말고 다른 남자에게 오빠라고 하는 여자를 또 경멸조로 업소녀라고 부르더라. 대단한 이중 잣대들이셔. 오빠는 한 명이어야 의미가 있는 거라면, 그렇게 상대에게 중요한 의미가 되고 싶어 하는 호칭인 거라면 어떻게 그렇게 가볍게 오빠라고 불러달라고 할 수 있는 거야? 나는 그 점이 제일 이상해. 오빠가 아빠 된다는 말도 생각할수록 징그러운 말이야. 여자의 인생에 유일한 남자 타자가 되고

싶다는 얘기잖아. 여자는 아니잖아. 여자는 누나도 엄마도 아니고 나여야 의미가 있잖아. 이름을 잘못 부르는 걸로 관계가 끝나는 일도 많고.

씨씨는 현재의 대통령 부부가 보여주는 행태에 화가 나면서도 그들의 행태를 욕하는 사람들도 꼭 그만큼 한심했다. 남편을 오빠라고 부르는 것도 부적절하고, 더구나 사람들 앞에서 그렇게 부른다면 더욱 문제인데, 여러 명의 남자들에게 오빠라고 했다는 이야기가 나오면 사람들은 약속한 것처럼 업소 출신을 운운했다. 여기에서 업소라는 건 유흥업소, 즉 비즈니스 클럽을 의미했다. 유흥업소, 괄호 하고 비즈니스 클럽. 이 두 단어가 등가물인 곳에서는 모두가 사장이 되고 원한다면 오빠가 되었다. 씨씨는 그곳에서 오빠라는 말이 가진 힘을 누구보다 만끽했을 이들이, 처음 본 여자에게 자기를 오빠라고 부르라고 했을 바로 그 남자들이, 대통령을 사람들 앞에서 오빠라고 부르는 여사가 업소 출신임에 틀림이 없다고 핏대를 올리는 꼴이 우스웠다. 이 말을 하는 씨씨의 이마에도 핏대가 섰다.

D는 그저 고개를 끄덕이고 있었다. 이런 얘기를 해도 자신이 공격받는다고 느끼지 않는 사람이었다. 그 점이 사귀면서 특히 좋았던 부분이었다. 속으로는 다른 생각을 하는데 겉으로만 아닌 척하고 있는 것과는 달리 리액션도 피드백도 의심스러운 구석이 없었다. 그럼에도 뭔가 위화감이 느껴진 것은 내용도 형식도 아니라 좀 다른 데 있었다. 그러니까 이야기의 소유권 문제였다.

— 오빠 오빠 하다가 아빠 된다는 얘기 오늘도 들었는데 너무 없어 보이더라. 솔직히 좀 한심하기도 하고.

어느 순간 씨씨가 한 얘기는 D가 원래부터 가지고 있던 의견이 되었다. 씨씨의 음악 플레이리스트, 씨씨가 자주 보는 유튜브 채널, 알고 지내는 사람에게 들은 이야기 등은 애매한 지대에서 언제든지 D의 것으로 넘어갈 채비를 마치고 있었다. 또 다른 미묘한 문제라면 D가 자신과의 차이를 인정하지 않는 점이었다. 주로 성별이 문제였고, 나이나 집안 환경, 학교 등 다른 것도 가끔 문제가 되었다. D는 그 모든 차이들이 마치 없는 것처럼 굴었다. 있는 것을 인정하고 없애려고 노력하는 것과 원래 없는 것처럼 구는 것은 아주 큰 차이가 있었지만 D는 자신의 머릿속

관념의 세계에서 존재하지 않기로 한 문제를 왜 인정하라고 강요하냐고 생각하는 것 같았다. 아니 정확히 저렇게 말한 것은 아니고 씨씨가 정리한 바에 따르면 그랬다.

권은 씨씨가 적재적소에 넣는 지적인 욕설을 가장 좋아했다. 이걸 좋아하는 남자는 못 봤는데 D는 달랐다. 다른 남자들과 D가 가장 달랐던 점은 욕을 전혀 하지 않는 거였다. 그런데 어느 순간부터 D는 조금씩 욕을 입에 올리기 시작했다.

— 욕하지 마. 없어 보여.

— 너나 욕하지 말든가. 너야말로 없어 보여.

가장 심하게 싸운 날이었다.

— 솔직히 내가 욕을 하면 없어 보이는 게 아니라 의외라고 생각하지 않겠어. 어떻게 너랑 내가 같아. 너는 욕설을 입에 달고 사는 남자들의 세계에서의 남자고, 나는 욕하는 여자를 욕쟁이 할머니, 성적으로 문란한 극히 일부의 예외적인 여성들 혹은 극단적인 페미니스트로 딱 분리하는 게 가능한 세계를 살고 있는 여자인데, 어떻게 그게 같아.

— 너 페미 아니잖아.

그때가 처음으로 늘 머릿속이 언어로 가득차고 넘치는 씨씨의 말문이 막힌 순간이었다. 이 새끼를 어떻게 하면 좋지. 어떤 남자들은 여자들이 페미 낙인을 두려워한다고 생각하면서 저렇게 말하는데, 그들은 여자들에게 너 페미 아니지? 라고 묻는 것 자체가 그들이 자신의 얼굴에 남초

커뮤니티의 이름표를 붙이는 일이 된다는 점을 알지 못했다.

씨씨는 얼마 전에 읽은 안드레아 롱 추의 논문 〈페미니즘의 불가능성〉에 나왔던 문장을 다시 머리에 떠올렸다. 이성애는 고칠 수 있는가? 아니오. 그렇다면 이 경우 레즈비어니즘이 실행 가능한 대안인가? 아니오.

— 나는 정말이지 구제 불능의 이성애자라서.

권은 씨씨의 한탄에 고개를 저었다. 이성애를 고칠 수도 없고 갑자기 동성애자가 될 수도 없다면, 씨씨에게 남은 선택은 두 가지였다. 견뎌내거나, 아니면 그만두거나. 하지만 D에게 충분히 실망했으면서도 이

관계를 그만두고 싶을 정도는 아니었다. 그는 함량 미달인 다른 남자와의 비교 우위라는 어드밴티지를 누리고 있었고, 씨씨가 보기엔 여자들은 너무나 경쟁적이어서 함량 미달로 아웃 되는 이들이 너무 적었다. 상대적인 어드밴티지를 누릴 수 없는 세계에서 한번도 검증된 적도 발현된 적도 없는 욕망을 발명하면서까지 시도하기에는 이성애에서 자신의 대상을 발견하는 편이 쉬워 보였다.

— 그건 아니지. 너라면 상대를 구할 걱정은 안 해도 되잖아. 어떤 경우라도.

권은 답답해 죽으려고 했다. 물론 씨씨의 압도적인 강점이 있기는 했다. 모든 살아 있는 것들을 고르릉거리게 만들 수 있는 마법의 손길. 전 애인들 중 씨씨에게 헤어져도 좋으니 자신을 가끔 만나서 쓰다듬어주기만 해달라고 한 사람이 적어도 두 명 이상이었다. 절박한 불면증이나 애정 결핍의 어린 시절까지 다양한 증상을 호소하던 전 애인들은 무엇이든 하겠다고 매달리면서 정작 아주 사소한 것도 바꾸지 못해서 이별 통보를 받았다는 현실을 잊은 것처럼 굴었다.

— 그런데 그 관계에서 너가 얻는 건 뭐야 대체.

왜 사랑하지도 않는 남자를 사랑하기 위해서 그렇게까지 애쓰는지 권이 물었다. 차라리 여자를 만나, 라는 늘 하던 말과 함께.

— 아무것도 원하는 게 없는 그런 관계를 만들고 싶은 거야. 아무것도 원하는 게 없는데

대체가 불가능한 것.

말하면서 씨씨는 자신이 D를 놓지 못하는 이유를 깨달았다. D는 자신이 평생 듣고 싶었던 문장을 처음으로 자신에게 말해준 사람이었다. 권이 다시 한번 말했다.

— 그러니까 그거라면 여자를 만나는 게 확률이 높아지지 않겠어?

권에게 말할 수는 없었지만 씨씨는 자신을 어떤 카테고리 안에 더 이상 넣고 싶지 않았다. 고아, 미혼모, 홈스쿨링, 검정고시, 집안의 범죄 이력, 주양육자의 정신병력…… 이미 넘치도록 많은 카테고리 안에서 그 카테고리의 하위 범주를 계속 늘려가면서 살고 싶지 않았다. 특히 리오 버사니를 읽은 다음에 씨씨는 자신은 절대 동성애자가 되고 싶지 않다고 생각했다.

당신은 슬프고 한심한 사람이에요. 당신은 동성애자이고, 동성애자가 되고 싶지 않아요. 하지만 그것을 바꾸기 위해 할 수 있는 일은 아무것도 없습니다. 당신은 언제나 동성애자예요. 항상, 마이클, 네가 죽는 날까지.
—리오 버사니, 《Homos》, 1995

씨씨가 생각하기에 동성애자라는 정체성 자체가 사회적 배제를 형상의 틀로 만든 부정성에 기초해 있고 어느 정도는 여성이라는 정체성도 그랬다. 버사니는 자신에게 적합하게 불려진 권리 자체가 무효화된 이 상황을 '부서진 연결'이라고 표현하는데, 이미 씨씨의 삶은 부서진 연결로 가득 채워져 있었다. 퀴어 이론과 페미니즘 책을 읽으면서 씨씨는 이들이 지독하게 집착하는 것은 결국 이름을 가지는 것이라고 결론지었다. 그리고 바로 그게 씨씨가 바라는 바였다. 씨씨는 D에게 자신이 페미니스트가 아니라면, 페미니즘에 반대해서가 아니라 가지고 싶은 이름이 다르기 때문이라고 말했다. 여성이라는 집단 정체성의 의미를 재구성하는 것이 페미니즘이라면, 자신은 고유명사의 세계 속에서 대체 불가능한 의미 있는 타인으로 살고 싶은 사람이었다.

— 아이 낳고 결혼해서 가족을 만들고 싶다는 얘기야?

씨씨는 최대한 감정을 배제하고 말하려고 하지만 끝내 경멸을 숨기지 못한 D의

되물음을 들으면서 이 관계는 이 대화로 끝이라는 걸 알았다.

—……그런 셈이지. 완전히 그렇지는 않지만.

완전히 그렇지는 않은 부분에 대해 D에게 설명할 방법이 없었다.

D는 씨씨가 가진 정상가족에의 열망이 어리석다고 말하고 싶어서 죽을 지경인 것처럼 보였다. 프로이트의 결핍 이론과 파이어스톤이 말한 엄마됨의 두려움을 자기중심적으로 엮을 수 있는 이야기라면 그것이 무엇이든 가져왔다. 모두가 아름답고 정상적이라고 생각하는 욕망은 어쩌면 어리석고 불가해한 증오와 미움에서 비롯된

것일지도 모른다며. 씨씨는 그날의 마지막 대화를 복기하며 몸서리를 쳤다.

— 페미 아니잖아? 적어도 나는 (매기 넬슨을 인용하자면) 여성성이나 모성을 지적 심오함의 영역으로부터 격리하려 드는 자동 반사적인 논리를 거부할 정도만큼은 페미니스트야. 모성의 위대함과 생명의 소중함을 말하는 것을 반대하는 것이 곧 급진적 페미니즘이라고 주장하는 건 아무리 그것을 긍정적으로 평가한다고 해도 페미니즘이 낙태 찬성하고 모성을 부인하는 남혐주의라고 취급하는 것과 동일하다는 것을 알 만큼은 페미니스트들의 피곤함을 이해하고 있다고. 아이 낳고 결혼해서 가족을 만들고 싶은 마음이 계급, 젠더, 종의 재생산 규범에 그저 복속되지 않을 수 있는 방법에

대해서 생각하면서도, 대체 불가능한 의미 있는 타인과의 관계를 만들 수 있는 이보다 더 좋은 방법이 있는지는 모르겠어. 비규범성의 급진적 존재론을 욕망하기에는 이미 너무 많은 비규범적 상황에서 살아가면서 매번 자신이 누구인지, 왜 다른 사람과 다른지를 일일이 설명해야만 하는 반복 속에 갇혀 있는 게 얼마나 사람을 미치게 하는지 너는 조금도 몰라서 그렇게 말할 수 있는 거야. 가족이 오류이고 철 지난 유행이라고 말하면 뭔가 좌파 힙스터처럼 보일 거라고 생각하는 모양인데…….

D 대신에 이 모든 얘기를 들어주던 권이 끼어들었다.

— 좌파라는 말을 그렇게 붙이지 말아줘.

나한테는 소중한 정체성이라고.

이 농담을 좋아하는 걸 알고 노리고 들어온 거였다. 진정하고 숨을 쉬라는 신호. 한번 생각을 하기 시작하니 뭔가 다 이상했다. 이렇게 말해보니 분명해졌다. D가 결혼도 가족도 아이도 원치 않는 것은 알고 있었다. 자신 역시 그걸 꼭 원하는 것인지도 불분명했다. 다만 분명히 D는 원치 않았다. 하지만 자신이 원치 않는다는 사실을 절대 본인 입으로 말하고 싶어하지 않았다. 대신 그런 욕망을 후진 것으로 만들었다.

각종 보조생식기술과 재생산 테크놀로지의 발달을 두고 미래학자들과 이야기꾼들은 각각 자신의 취향에 따라 디스토피아와 유토피아의 다음 신을 그려냈다. 인간 복제가 가능해진다면 대체 왜 인간이 굳이 그렇게나 번거로운 유성생식을 감당할 것인가. 하지만 더 이상 유성생식을 통한 종의 재생산이 이루어지지 않는다면 인간은 이 세계에서 서로 얽혀 살아갈 수 없는 존재로서 격리되어 소멸될 것이라는 게 기술 변화의 특이점을 읽어내는 디스토피아 팀의 상상력이었다.

반면 유토피아 팀의 상상력은 번번이 멈췄다. 재생산과 생식의 의무로부터 해방된 인간…… 그다음은? 상상력은 매번 날개가 꺾였다. 보조생식기술과 재생산테크놀로지의 발달이 가임기 여성들에게 해방을 안겨줄 거라는 생각이 성립하려면 그게 일단 무엇으로부터의 해방인지가 제시되어야 할 터였다. 임신, 출산, 양육을 핵가족 내에서 여성에게 전담시키는 구조로부터의 해방을 서사의 기둥으로 삼으면 이건 유토피아 서사가 아니라 혁명 서사가 된다.

모두에게 이로운 방식으로 인공자궁기술이 사용되려면 인공자궁기술은 임신이 어려운 사람들을 위한 보조생식기술이라는 제약 속에 있어야 했다. 예컨대 2018년 필라델피아 연구 팀에서 발표한 인공자궁기술 바이오백의 경우, 현재 22주 이전에 태어난 미숙아의 생존 가능성이 거의 없는 상황에서 신생아 집중 치료의 판도를 바꿀 수 있을 거라고 기대되었다. 생존 임계점에 도달한 미숙아의 사망률에 영향을 미치는 장기 합병증은 현대 의학의 발전에도 불구하고 정체된 영역이었다. 인간 생식의 새로운 산물인 바이오백에서 세포분열의 발달단계를 지칭하는 용어가 필요해졌다. 이를 인간 혹은 태아라고 부르는 순간 그동안의 임신중지 관련 논의는 다시 시작되어야 할지도 몰랐다. 재생산테크놀로지란 언제나 이런 양가성 사이에 있었다.

논리적으로 돈이 없는 사람들은 굳이 자본이 투여된 인공자궁기술을 쓸 일이 없을 테니까 인공자궁기술이 상용화되었다면 여성의 몸에 대한 통제가 아주 폭력적으로 이루어졌거나, 인공자궁에서 태어난 것을 철저하게 비인간화해서 노동력을 착취했을 것이므로 어떤 측면에서도 유토피아일 수는 없었다. 유토피아의 상상력은 계속 곤경을 만났다. 어디에도 해방은 없었다. 임신에 대한 두려움 때문에 여성들의 섹슈얼리티가 억압되었으므로 그걸 해방시켜야 한다는 이야기는 철저하게 여자랑 한번이라도 더 자고 싶은 남자들의 입장이었다. 다나카

마쓰, 허정숙, 콜론타이…… 당대를 주름잡은
혁명가 여성들은 혁명기에도 사랑에 충실했고
임신은 그 여성들의 삶에 들어와 있는
일상의 일부였을 뿐 그것 자체가 구조적
제약이었던 것은 아니다. 물론 그들의 무심한
임신과 출산, 그리고 더 무심했던 양육에
대한 남자들의 호들갑은 대단했다. 하지만
단언컨대 재생산 유토피아에 대한 상상력이
뻗어나가려면 그건 임신과 출산이 아니라
양육 문제가 핵심이었다.

— 인공자궁이 여성을 재생산의
의무로부터 해방시켜줄지도 모른다는 가설은
정말 어처구니가 없지 않니. 여자들이 원하는
건 비싼 인공자궁과 누군지 모를 아이를 뽑는
양육 추첨권이 아니라고.

씨씨가 권에게 생각을 쏟아내자 늘 그랬듯이 권이 담백하게 정리했다.

— 맞아. 여자들이 원하는 건 남자 없는 임신과 출산이지. 아 너무 레즈비언처럼 말했나. 그럼 양육을 남자가 하도록 법이 강제하면 되겠다. 그런데 그건 남자들에게는 디스토피아라서 유토피아 서사에서는 탈락이겠구나.

정처 없이 방랑하는 배와 비탄에 빠진 여인 이야기로 다시 돌아가자.

여인은 사내들이 다 죽은 것을 보고 약간 삶의 위안을 찾았다. —마거릿 캐번디시, 《불타는 세계》, 2020

씨씨도 권도 모두 알고 있었다. 지금 하는

이야기들은 모두 변죽에 불과하다는 걸.

— 너 알고 있었어?

— 아니, 전혀 몰랐어.

씨씨는 픽 웃었다. 권은 언제나 이런 식이었다.

씨씨의 주변을 맴돌던 D. 씨씨가 등록되어 있는 소셜마다 D는 좋아요, 관심, 마음, 구독, 알림설정, 슈퍼챗 등 그것이 무엇이든 자신이 다녀간 흔적을 남겨놓았다. 초기의 팬이었고 꽤 오래전의 동창이었다. 둘이 만나게 된 계기는 D가 단 댓글이었다. 씨씨의 콘텐츠는 두 가지였다. 쓰담쓰담 챌린지와 체온 챌린지. 씨씨와 권 둘 다 비슷한 시기에 백수가 되어 실업급여자로 살고 있던 시기에 갑작스럽게 의기투합해서 만든 채널이었다. 불광천에 조성된 벤치와 평상 쉼터에 앉아 있던 씨씨에게 산책 중이던 강아지 두 마리와 불광천의 고양이 두 마리가 다가와서 차례로 줄을 섰다. 그 장면을 권이 촬영해서 올렸는데 그게 알고리즘을 탔다. 그렇게 시작한 채널이었는데 이후에 처음만큼 관심을 받은 영상은 없었다.

— 그날따라 왜 그 네 마리가 줄을 섰던 걸까.

— 그러게, 그런데 진짜 웃기긴 했어.

체온 챌린지는 다양한 방식으로 실험을 해보고 있었다. 〈○○에서 제일 체온이 높은 사람에 도전해보았습니다〉 같은 콘셉트였는데 지난번에 산부인과 대기실을 시도했다가 사람들에게 욕을 먹은 이후에 한동안 올리지 않다가 한 달 동안 매일매일 체온을 올리는 챌린지는 어떨까 싶어서 재개한 참이었다.

참고로 씨씨는 보통 남들보다 1도 정도 체온이 높다는 임산부들 사이에서도 가장 체온이 높았다. 염증과 싸우고 있는 건 아닌지 의심스럽다고 해서 정밀 검사를 받아봤지만 원인 불명이었다. 해열제를 상용하고 있었지만 온도는 좀처럼 떨어지지 않았다. 이런 시시콜콜한 이야기는 인기가 없었다. 체온이 높다지만 체온으로 계란을 구울 수 있는 것도 아니었으니까 사람들의 관심을 끌기에는 어딘가 모자랐다. 그러다가 쓰담쓰담 챌린지와 체온 챌린지 두 개의 각기 다른 채널에서의 이야기가 합쳐진 건 D의 댓글 덕분이었다.

그동안 씨씨님 체온 잰 거 평균을 내보니까 평균값이 38.2도네요. 임산부들은 평균값까지는 안 나와 있지만 찍은 영상에서는 대체로 37.2~3도십니다. 38.2도면 고양이와 강아지와 비슷한 체온이신 거예요. 작은 포유류들은 상대적으로 체온이 높은 편이고. 큰 동물들은 체온을 유지하려면 에너지가 훨씬 더 많이 들어가는 거 아시나요? 새들이 제일 체온이 높습니다. 벌새는 41도나 되죠. 고양이와 강아지가 씨씨님의 손길을 좋아하는 건 비슷한 체온이기 때문일 거예요. 씨씨님 팔로어분들 중에 씨씨님 손길로 아픈 고양이와 강아지가 나았다는 분들이 있으신대요. 쓰담 챌린지 네 번째 영상 7분쯤에 보면 씨씨님이 애 열이 나는 거 같은데 병원에 데려가보시라는 말씀을 하시더라구요. 인간들은 체온이 더 낮아서 동물들 체온 변화를 잘 못 느끼는데 씨씨님은 비슷한 체온이라서 더 잘 눈치채시는 거 같아요. 그러니까 여러분. 씨씨님은 의사가 아니에요. 아픈 반려견 반려묘 집사님들, 반려동물용 체온계 들여놓으세요.

이 댓글을 보고 고맙다고 쪽지를 보냈고 그렇게 해서 시작된 만남이었다. 그렇게 오랫동안 지켜보면서 자신도 모르는 부분에 대해서 그렇게나 많이 아는 사람이라는 게 마음에 들기도 하고 걸리기도 했지만 자신에게 바라는 게 아무것도 없다고 하는 순간 긴장이 풀렸다.

— 그런데 지금 와서 생각해보면.

— 그래 좀 이상하지. 아무것도 원하는 게

없다는 건.

씨씨와 권은 거의 동시에 말문을 열었다. 어쩌다가 오프라인에서 만나게 되었고, 씨씨가 그 말을 사랑 고백으로 수신하지 않았다면 사귀는 일은 일어나지 않았을지도 몰랐다. D는 씨씨와 비독점적인 성애 관계를 맺는 것을 목표로 하지 않았다. 그 점이 너무나 예외적이어서 안심하게 되는 점이었다. 그렇다고 둘 사이에 성적 친밀감이 없는 건 아니었다. 저성욕자에 가까운 무성애자인 것도 아니었다. 담백한 이성애 관계가 가능하다니 말이 좀 가끔 핀트가 어긋나는 정도야 충분히 감당할 수 있었다. 둘은 그동안 씨씨와 D가 지냈던 시간을 꽤 오랜 시간을 들여 천천히 돌아봤다.

— 나쁜 사람은 아니라고 생각하고 있지?

먼저 말을 꺼낸 건 권이었다.

— 전에 네가 물은 적이 있잖아. 게이와 레즈, 레즈와 헤테로 여자. 어느 쪽이 더 가깝게 느껴지냐고.

— 응, 주로 멍청한 질문을 하는 건 넌데 그때는 내가 너한테 혼났지. 그런 멍청한 질문이 어디 있냐고.

씨씨는 그 질문에 대한 권의 반응이 지금도 생생했다.

— 레즈와 게이는 기본적으로 친할 일이 별로 없어. 그래도 친해진다면 주로 결혼식과 장례식 같은 의례에서지. 그때는

정말 여러 가지 동병상련 심정이 되거든.
그런데 그때조차도 갈려. 그런 의례일수록
남자가 벼슬이니까 아무래도 거리가 있지.
하지만 헤테로 여자와 동병상련으로
친해지는 레즈는 없어. 일단 레즈는 거기서
자발적이든 비자발적이든 가족 관계에서
보통 뜯어져 나온 상태이기 때문에 헤녀
친구한테 동병상련을 느끼기보다는 계속 거기
있을 거냐고 마음속으로 끊임없이 질문하게
되거든. 그런데 그것도 또 한때이긴 해. 난
잘 모르겠지만 요즘 임출육 하는 레즈들은
임출육 하는 헤녀들하고 아주 잘 지낸다더라.
미국에서는 이미 수십 년 전부터 레즈들이
맘커뮤니티 다니느라 레즈 모임이 다 깨지고
있다는 소리를 들었으니, 뭐 그런 거겠지.
그러니까 네 그 멍청한 질문에 대한 대답은.

—"그때그때 다르다."

둘은 동시에 말하고 킬킬거렸다.
권이 씨씨에게 잘난 척을 했던 아주 드문
순간이었다.

— 역시 이성애는 기독교처럼 약간 사람을
멍청하게 한다니까.

— 너 지금 몇 명을 적으로 돌린 줄 알아?

— 왜 난 멍청한 여자 귀엽던데.

— 너한테 귀엽지 않은 여자는
나뿐이잖아.

— 맞아, 너는 정말 대체 불가능한 존재야.
전혀 귀엽지 않은 여자라니.

— 내가 전에 버사니를 읽고 절대
동성애자가 되지 않겠다고 했었잖아. 근데
어쩌면 동성애 문제가 아니라 그가 말하는

친밀성에 동의가 안 돼서였어. 내가 너무
보수적인가 해서 생각을 중단했었는데.

권은 씨씨가 이렇게 말하는 걸
좋아했지만 티를 내지는 않았다. 레즈인
자기보다 더 퀴어 이론에 빠삭한 씨씨였지만
어지간히 눈치는 없었기 때문에 잘 알아듣지
못하는 걸 지금까지 들키지 않았으므로
앞으로도 들킬 걱정은 없었다.

(리오 버사니나 아담 필립스가 주장하는)
비독점적 비성애중심적 퀴어 친밀성은
독점적 애착 관계를 만들지도 않고 성관계를
목적으로 하는 것도 아닌 친밀성이다.
그러니까 이 친밀성은 자기 자신에 대한
사랑을 전제로 하는 '비인격적impersonal
나르시시즘'에 기반해 있다. 의미 있는

타자와의 상호 주관적 관계로 만들어지는 주체가 아니라 (핵터 콜리아스, 2013) '남자 자체가 타자'이고 그 타자와의 비독점적 성애적 관계를 맺는 대상으로서의 나를 설정한다는 점에서 이성애적 주체론과는 거리가 멀다.

— 하지만 나는 이런 급진성은 동의 여부를 떠나서 도저히 가능할 것 같지가 않아. 비인격적 나르시시즘. 그게 가능한 건 오직 남자들이잖아.

— 응. 여자들의 자기몰두적 나르시시즘 추구미는 '나'의 고유한 개인성의 자리를 만드는 거니까.

보편으로서 개인이었던 이들은 비인격적 나르시시즘이라는 게 가능했다. 언제나 나에게서 도망치고 싶었지만 결국 내가 된 나, 모든 것을 언제나 대표하는 나, 나 자신은 결코 대체되지 않지만 나를 대신해서 대체하는 것은 가능한 세계에 있는 나, 나는 나 외의 모든 것을 공평하게 타자로 만들 수 있다. 그 타자가 남성인가 여성인가의 차이가 게이와 헤테로 남성을 구분한다. 물론 이때 타자가 남성인 것과 여성인 것은 세계관이 갈라질 정도로 다르다. 하지만 나를 중심으로 모든 것을 동일하게 타자의 위치에 둔다는 점에서 이것이야말로. 그래.

— 가부장제 그 자체지.

— 응. 오직 장남에게만 허용했다는 점까지 포함해서.

— 피해 서사까지 완벽하네.

그러니까, 가부장제 사회에서 남자가 여자를 사랑하는 것은 불가능하다고 했잖아. 남자의 사랑과 여자의 사랑은 근본적으로 다를 수밖에 없어. 의미 있는 타자와 맺는 상호 주관적 관계가 도덕적으로 우월하다는 얘기라기보단, 남자는 그냥 숨만 쉬어도 1인칭으로 살 수 있는 조건이라는 얘기야.

— 그러니까.

— 응, 그러니까 레즈 어때?

— D는 나하고 사귀지 않아도 별 상관이 없었겠구나. 어쩌면 그냥 스토킹을 하던 때가 더 낫다고 생각했을지도.

— 드디어 화가 났구나.

— 응, 그가 왜 아무것도 필요로 하지 않았는지 알았어.

얼굴도 이름도 다 아니까. 여자의 신상 정보는 단지 얼굴과 이름만으로도 특유의 착취 경제 속에서 유통되는 재화가 되니까. 그걸로 충분했고, 나중에 얼마든지 다시 꺼내서 쓸 수 있으니까.

— 여기 내가 있고, 거기 네가 있었던 것이 아니네.

수신인도 발신인도 아닌 참조로 끼워져 있는 씨씨는 자신이 얼굴과 이름을 바꾸고 완전히 온라인 세상에서 사라지지 않는 한 D에게 이별조차 아무런 의미가 없을 것이라는 걸 깨달았다.

작가의 말

처음 이 소설을 쓰겠다고 마음먹었을 때의 심정은 이 상황을 최대한 아이러니한 농담으로 만들어보려는 생각이었다. 그렇지 않은가. 전 연인의 이름을 그대로 써놓고는 성이 다르니까 너랑 상관이 없다고 하고, 그 성씨의 조합은 부모성함께쓰기를 하는 나, 권김현영으로부터 따왔지만, 권김현영은 하나의 기호일 뿐 실제의 나와는 아무 관계가 없다는 내용의 글을 농담 없이 설명할 방법 아시는 분?

한편 나는 이 사태가 흥미로운 논쟁이 될 수 있다고 생각했다. 나에 대한 이야기가 나와 연결된 사람들에 의해 쓰이는 것은 우리가 서로 얽혀 살아가는 한 막을 수 없는 일이다. 다만 그렇다고 해도 거기에는 항상 윤리적 혹은 규범적 제약이 따른다. 논픽션의 경우에는 꽤 엄격한 편이고 픽션의 경우에는 창작자가 누릴 수 있는 자유의 폭이 좀 더 넓은 정도. 최근 그 둘 사이의 경계 어딘가에 있는 소설들이 오토픽션이라든가 사회사와 개인사를 소설로 각색한 형태라든가가 등장하면서 그동안 공유해온 공통 규범을 재론해야 하는 상황에 놓여 있다. 하지만 이 사태에서 얄궂은 위치에 놓인 나는 이 문제를 사변론적 언어 게임으로 가져갈 수 없었다. 일단 권김현영이라는 이름이 소설적 허구를 통해 창조된 권정현지의 질료가 되었음이 공표된 이유를 이해할 수가 없었다. 부모성함께쓰기는 한국의 성씨 체계가 가부장성에 기반해 있다는 것을 아주 직관적으로 알려주는 형식이다. 그러니까 그냥 형식만 차용하는 것으로 충분했다는 얘기다. 그런데 굳이 왜 네임 드라핑을……?

지난 몇 달간, 사람들은 나를 만날 때마다 이 사건에 관한 기분에 대해 물었다. 내 KIBUN이 마치 매우 중요한 문제라도 되는 것처럼. 우선 궁금한 게 내 기분이라면, 일단 '이상했다'고밖에 말할 수 없을 것 같다. 아마 누구라도 그럴 것이다. 갑자기 내 이름이 언급된 기사가 열 개쯤 나왔는데 나와 아무런 상관이 없는 일을 겪는다면 말이다. 동명이인이 아니라 바로 '나'의 이름이 언급되었는데, 그게 나와는 아무 상관이 없다는데 이것에 대해 가능한 적절한

KIBUN이라는 게 있기나 한 걸까.

정지돈 씨의 설명에 따르면, 정지돈 씨의 '기분상' 김현지라는 이름이 '흔하다'고 느낀 모양이다. 일단 내 경험 세계에서 현지라는 이름은 별로 흔하지 않지만 그의 기분이 그렇다니 알겠다. 그런데 정지돈 씨가 살면서 몇 명의 현지를 알고 지냈는지는 모르겠지만, 적어도 현지 수집가 같은 게 아니라면 전 연인의 이름 중 다른 현지가 있을 것 같지도 않고, 소설 속에 등장하는 주요 인물에도 똑같은 이름을 웬만하면 피하는 게 상식 아닐까. 아마 그도 이쯤 해서는 그런 부주의함을 충분히 후회하고 있을 것 같긴 하다. 하지만 문제는 그 일이 일어나버렸다는 것이고, 그것을 되돌리려면 거의 문학이란 무엇인가에 답하지 않으면 안 되는 것처럼 이야기가 흘러갔다는 것이다.

이 사태에서 나는 피해자도 방관자도 목격자도 될 수 없었다. 내 이름을 언급한 두 사람 모두 마치 그 이름은 그냥 공중에 던져서 저글링 해도 되는 것처럼 취급했다. 그런 취급 자체는 다소 불쾌했지만 그 기분이 피해라는 상황을 만들어낸 건 아니다. 김현지가 권정현지라는 이름이 바로 자신의 이름이라는 점을 지적하자 정지돈은 현지라는 이름 말고 권정이라는 성에 대한 답을 했다. 김현지가 이 답장을 보고 세상 사람들에게 다 알리겠다는 마음을 먹은 심정을 나는 백분 이해한다. 살면서 이 정도로 폭발적으로 웃긴 일을 만나기는 쉽지 않다. 문제는 내 이름이 이 '잼얘'에 같이 끼어버렸다는 것이다. 이 사건은 기사화되었다. 메일은 캡처 되었고 그 메일에 나온 내 이름도 같이 둥둥 떠다녔다. 처음 기사를 쓴 기자에게 나는 상당히 짜증을

냈다. 제 이름이 여기 있을 이유가 없는 기사 아닌가요. 기자는 바로 수정해줬다. 하지만 이어지는 기사들에 모두 이름이 빠지지 않자 나는 수정 요구의 의욕을 잃었다. 처음 전화받은 기자한테 공정하게 굴지 않아서 미안하다고 전화를 할까 하다가 관뒀다.

그러다가 누군가 이 모든 것이 나의 '이름값' 때문이라는 이야기를 했다. 이 사태에서 가장 기분이 상했던 순간이었다. 그렇다고 해서 그 말을 한 사람이 2차 가해자라는 건 아니다. 피해와 가해라는 건 특정 행동을 통해 나의 구체적 권리를 침해하는 데 성공해야만 성립된다. 이때 기분은 (애나 칭의 표현을 빌리자면) 중요한 '알아차림의 감각'이 되지만 그 자체로 피해의 증거가 되는 건 아니다. 나는 부정적인 감정을 유발시켰다는 것 자체를 피해와 가해의 문제로 성급하게 정리하는 걸 반대한다. 다만 불쾌감은 중요한 감정이다. 불쾌감이란 감각이 왜 촉발되었는지를 들여다보는 것 자체가 이 사태를 해석하는 중요한 자원이 되기 때문이다.

결론적으로 말하자면, 불쾌감을 통해 확인한 바 내 생각엔 '이름값'이라는 말이 이 사태의 핵심이다. 이 단어를 듣고 나서야 나와 김현지가 이 일을 '공동으로' 겪는 지점이 또렷해졌다. 김현지와 정지돈은 둘 다 나에게 어떤 부분 좀 실례했지만, 정지돈은 김현지의 질문에 답하기 위해서 혹은 피하기 위해서 내 이름을 사용한 바람에 나와 김현지를 결과적으로 어떤 공통 경험으로 묶어버린 셈이 되었다. 그가 바란 것은 그런 것이 아니었겠지만 말이다. 이 사태의 핵심은 둘 다 각자의 이름에 자기 자신을 귀속시킬 권리,

고유명의 자리를 박탈당했다는 데 있다.

하지만 이것이 어떤 침해라고 내가 주장해봤자 무슨 소용이 있겠는가. 박탈은 영구적이지 않고, 단지 시도에 그쳤으며, 그것을 가늠할 수 있는 계량법이 존재하는 것도 아니다. 이름은 어떤 사람이 세계 내에서 살아가는 존재의 형식이다. 내 이름이 곧 내가 아니라고 부정당하는 것은 그런 일이다. 하지만 작가가 만들어낸 세계일 뿐 그것이 곧 현실 세계의 법은 아니므로 이것은 법의 문제는 결코 아니다. 그러므로 이것은 오직 문학의 문제였다.

나는 이 문제를 무엇보다 '인식론적 폭력'이라는 차원에서 다루고 싶었다. 고유명사의 의미가 사라지는 순간에야 가능해지는 완전한 이별을 위해, 한 인간의 고유명을 삭제하고 '흔한 것'으로 공표하는 행위의 폭력성이 마치 '리벤지 포르노'와 같은 유사성을 가지고 있다는 것(아마 이 연결고리에서 가장 격렬한 반대가 일어날 테지만 그럼에도 이 연결이 2024년을 살아가는 한국 여성들의 생활 세계에서는 결코 무리가 아니라는 걸 말할 필요가 있다), 그럼에도 불구하고 이것은 법정으로 가져갈 수 있는 종류의 범죄는 아니라는 것에 대해 이야기하고 싶었다. 명백히 (미란다 프리커를 인용해서 말하자면) 인식론적 부정의이자 해석학적 부정의이지만, 법에 의해 제어될 수는 없고, 그래서도 안 되는 일이다. 이것이 의미하는 바는 바로 그러한 힘, 즉 세계를 만들어내는 힘이 여전히 문학 안에 '있다'는 것이다. 바로 이 점에서 이 문제에 대한 응답은 문학이라는 형식을 통해야만 했다. 이러한 시도를 가능하게 해준 위픽에 무엇보다도 크게 감사드린다. 덕분에 원하는 형식을 모두 갖출 수 있었다.

마지막으로, 페미니즘과 재생산 권리의 미래를 암울하게 하는 현재의 담론에 대해 말하지 않을 수 없다. 소설가 출신의 일본 정치인 햐쿠타 나오키는 2024년 11월 8일 자신의 유튜브 채널 '뉴스 아침 8시!'에 출연해서 18세 이상의 여자는 대학에 보내지 말고, 25세 이상의 여성에게는 결혼을 금지시키며, 30세 이상의 여성은 자궁을 적출시키는 등을 'SF적 상상력'이라며 저출생 대책의 극우적 급진화를 주장했다. 여자가 원하든 원하지 않든 자신은 여자를 보호하겠다며 성범죄로 유죄판결을 받고 여성의 임신중지권을 인정하지 않는 도널드 트럼프는 미국에서 또 대통령이 되었다. 이 모든 것이 SF가 아니라 리얼 월드에서 바로

지금 일어나고 있는 일이다. 그러므로, 나는

일단 체외인의 재생산 디스토피아 속에서

떠다니는 내 이름을 찾아오기로 했다.

무엇보다 나 자신을 위해서.

2024년 11월
권김현영

권김현영과 김현지의 대화

권김

안녕하세요. 소설을 보시고 괜찮으시면 대담을 함께 했으면 좋겠다고 말씀드렸는데 이렇게 수락해주셔서 감사합니다.

현지

제가 감사해요. 선생님 뵈면 공식적으로 다시 한번 죄송하다는 말씀을 드리고 싶었어요. 저는 공론화를 하던 시점에 사실 그 소설이 여성주의적 관점에서 특히 문제적이라고 생각하고 있었기 때문에 선생님의 성함이 나오는 순간 배로 화가 났었어요. 권김현영 선생님은 제게 페미니즘에 있어서 거의 마이클 잭슨 같은 스타이셨기 때문에 변명거리로 나의 스타를 동원했다는 느낌을 받았던 거죠. 공론화 이후 선생님의 성함이 함께 기사화되는 것을 보면서 그제야 제가 어떤 잘못을 했는지 깨닫게 되었어요. 제가 그 작가와 비슷한 종류의 실수를 선생님께 했구나라는 생각이 들더라고요. 꼭 말씀드리고 시작하고 싶었어요. 죄송합니다!

권김

이 글은 "만나자마자 김현지 씨는 사과했다"로 시작하게 되겠네요. 사과 잘 받았습니다. (웃음) 저는 그때 당시에 박사논문 종심을 앞두고 있었어요. 아주 정신이 없는 와중이었는데 그런 상태에서 신문에 이름이 계속 나오는 거예요. 무슨 일이 있는 거지? 라고 계속 물음표를 달고 있었지만 당시에는 신경을 쓸 겨를이 없었죠. 어쨌든 현지 씨한테는 이렇게 사과를 받을 수 있네요.

사실 당시에 사람들이 저에게 물어봤던 건 정지돈 씨한테 연락이 왔냐, 사과했냐는 거였어요. (편집자: 전혀 아무 연락도 오지 않았어요?) 네. 전혀요. 그런데 나중에 찾아보니 정지돈 작가의 창작 세계에서 이런 식의 실명 언급은 그 자체로 작품의 주요 특징이더라고요. 그렇다면 사과의 문제가 아니라고 여길 수 있겠다라고 생각은 했죠. 그런데 실명을 쓰는 것이 작품의 형식이라면, 그런 특징이 작품 내적으로 있다면 현지라는 이름을 쓰는 게 아니라 아예 다른 이름을 쓰던가 했어야지. 역시 그런 생각이 다시 들었구요. 오늘은 크게 두 가지 이야기를 나누게 될 거 같아요. 하나는 정지돈 소설을 읽고 어땠는가. 또 하나는 이 소설 《수신인도 발신인도 아닌 씨씨》를 읽고 어땠는가.

현지

우선 정지돈 작가의 소설을 읽고는 불쾌했던 동시에 이 문제를 어떻게 따져야 할지 막막했어요. 문학 안에서는 워낙 흔한 일이니 그냥 잊어버리라는 충고를 들으면서 과거에 비슷한 충고를 듣고 묻고 지나가기를 선택했던 기억들이 다시 떠오르기도 했고요. 메일을 주고받는 중에는 최소한의 선도 사과하지 않는 걸 보면서 충격에 빠지기도 했어요. 공개할까 말까에 대한 고민 자체도 되게 많이 했어요.

그런데 아무리 생각해도 출판이 됐다는 것은 이미 공적인 일인 거예요. 이미 공적인 일인데 공적으로 사과할 수는 없다는 이야기에 저는 도무지 동의하기가 어려웠어요. 충분히 공적으로 이야기할 일이라고 생각했고요. 정지돈 작가가 기존 작품에 현실의 인물들을 써왔었기 때문에 작법의 문제가 제기될 필요가 있다고도 느꼈어요.

공론화를 하기로 결정을 하기까지도 고민이 많았어요. 공론화 초반에는 특히 사람들이 제게 문학계에서 겪은 다양한 형태의 피해 사실에 대해 메시지를 보내왔어요. 여성 독자로서 문학계에 평소 느꼈던 문제의식이 제보의 형태로 직접적으로 도착하니까 되게 책임감을 느꼈고 분노했어요. 저도 비슷한 경험들이 있었고요. 이 바닥을 다 뒤집어엎어 버려야 한다 하는 정도까지 감정이 치달았었는데 막상 도울 수 있는 부분이 거의 없더라고요. 정보가 조각나 있는 상태로 도착하기도 하고.

고민 끝에 도착한 정보가 아닌 저의 유사한 경험에 대해 일부 이야기하기도 했는데, 이야기하고 나서 사람들의 반응이 자신이 속한 집단에 따라 나뉘는 경향에 대해서 어떻게 해석해야 할지 고민스러웠어요. 어떤 사람들은 제 이야기들이 하나의 지점을 가리키는 일이라고 말하고 어떤 사람들은 그렇지 않다고 말하는데 그러면 나는 나의 일을 어떻게 생각하면서 전달해야 하는가 하는 고민도 있었어요.

권김

공론화한 사람들에게 이런 일이 비슷하게 생기는 것 같아요. 저에게도 사람들이 그렇게 뭘 많이 일러요. 무슨 사건이 세상에 터질 때마다 그것과 관련된 혹은 유사한 경험을 한 사람들이 자기한테 있었던 일들을 저한테 얘기해줘요. 그러니까 사람들이 모르는 어떤 맥락이 저한테 쌓이게 되죠. 피해자가 직접적으로 공론화를 한 사건도 있고 아닌 사건도 있는 상황에서 저의 경우에는 이 정보가 그냥 한두 개가 쌓인 게 아니기 때문에 그 판의 공기와 상황을 완전히 다른 방식으로 알게 되는 게 생기죠. 대신해서 말할 수도 없고 모른 척할 수도 없는 그런 상황에 놓이게 되는 곤란함이 있었어요. 그래서 현지 님의 상황이 너무 이해가 되네요.

현지

네. 초반을 좀 지나고 나서는 고민의 내용이 달라졌어요. 문학이라는 내용에 대한 합의를 누가 하고 있는 것인가 하는 생각이 들기 시작했어요. 그 합의를 사람들이 지적하는 것처럼 문단이 하고 있다면, 문단은 굉장히 이상한 의식에 사로잡혀 있다는 생각을 했어요. 그런데 또 문단이라는 개념은 실제로는 존재하지 않는대요? 그런 이야기를 하면서 사람들이 막 싸워요. 문단은 존재한다. 아니다 존재하지 않는다. 그러면서 문학은 원래 그런 거고, 소설은 현실이 아니라는 이야기만 반복되는 거예요. 현실과 허구를 섞어 만들어내는 공간이나 작법에 대해서는 전혀 이야기하지 않고요. 그게 안 된다고 이야기하려면 당사자인 제가 문단이 요구하는 형식 그러니까 엘리트적 형식으로 이야기해야 한대요. 저보고 평론가가 되라는 건지?(웃음)

권김

저는 북튜버로서의 김현지 님, 그러니까 사스미 님을 잘 몰랐어요. 그런데 제가 알고 지내는 문학에 관심 있는 20대들은 모두 이 사건을 너무 잘 알고 있고, 무엇보다 김현지

씨에 대해서 되게 잘 알고 있더라구요. 그 친구들이 자신에게 문학은 사스미 님이었지 정지돈이 아니었다고 하는 거예요. 이들에게 문학에 대한 마음을 나누어왔던 사람으로서 김현지 님의 의미가 있었다는 걸 알게 되었죠. 문학은 누구의 것인가, 누가 문학으로서 호명되는가, 이런 부분에 대해 독자로서 받은 어떤 상처가 이 문제에 있다는 생각을 하게 됐어요.

그래서 저는 사스미 님이 문학에 있었던 방식, 독자와 함께 있었던 의미가 너무 언급되지 않는 게 문제라는 생각을 했고 그리고 또 한편으로는 누군가 문학이란 무엇인가에 대해 엘리트적으로 말해야만 시민권을 준다면 바로 그 모든 것을 충족시키면서도 다른 공간을 열 수 있는 방법으로서의 소설은 어떨까 하는 생각이 들었죠.

일단 비판 이론으로서의 여성학이라는 학문은 기본적으로 이중 언어 구사자들일 수밖에 없거든요. 그렇다면 소설이라는 형식으로 그런 이중 언어를 내용뿐만 아니라 형식적으로도 시도한다면 어떨까 하는 생각을 했죠. 혹시 이 사건에 끼어서 호명된 저한테 어떤 걸 기대했던 게 있어요? 제가 어떤 반응을 할 거라고?

현지

제가 좋아하는 책을 소개했던 행위가 누군가에게 문학이라는 형태로 기억될 거라고는 생각 못했어요. 그저 같은 덕질을 하는 사람들 정도로 생각했던 것 같아요. 누군가에게 그런 의미였다고 하니까 기쁘고 감사한 마음이 드네요.

저는 선생님께서 반응하실 거라고 정말 상상도 못했어요. 민폐를 끼친 것에 대한 죄송한 마음이 너무 컸고요. 그런데 선생님께서 특강을 여셨어요. 그때까지만 해도 아무 평론도 발표되지 않은 상태였고 사람들이 웹에 기입하는 문서만 존재하는 상태였고, 저는 그것을 절박하게 새로고침 하며 매달려 읽고 있었기 때문에 선생님께서 여신 강의가 저에게는 숨구멍이 되었어요. 그때만큼은 잠시 검색을 멈추고 강의에 온전히 집중했어요. 선생님이 아주 풍자적이고 신랄한 농담을 구사하시면서 말씀하셨기 때문에 정말 저 선생님 너무 재미있는 사람이야, 매번 깔깔 웃었어요. 그러면서 되게 많이 회복이 됐어요.

선생님께서 그때 강의하지 않으셨다면 저는 아마 더 거세게 나갔을 것 같아요.

분노가 거세져서요. 선생님 강의 덕분에 제가 어떤 독을 좀 뺄 수 있었어요. 선생님께서 제가 하고 싶었던 말 같은 것을 정리해서 들려주시니까 우선 숨통이 트였고, 숨통이 트이고 나니까 내가 어떤 부분에서 부족했는지 머릿속에서 정리가 되기도 하더라구요. 사람이 이야기를 하고 그 이야기에 대한 응답을 받는 것은 그 자체만으로도 그 응답이 어떤 내용이건 간에 상관없이 엄청난 치유가 되고 환기가 된다라고 생각을 했어요.

권김

다행이네요. 당시에 채팅창에서 사람들이 와글와글 같이 얘기하면서 굉장히 따뜻하면서도 유쾌했던 기억이 저도 좋았어요. 우리 모두에게 좀 필요한 시간이었던 것 같아요. 《씨씨》를 읽고는 어땠어요? 저에게는 첫 독자이셨던지라 보내고 엄청 긴장했었는데 웃기다고 해서 안심했어요.

현지

일단 어떤 부분이 웃겼는지에 대해서 일일이 얘기하면 이 인터뷰를 수록할 수 없을 것 같다는 생각이 드는데요. (웃음) 선생님은 저에 대해서 전혀 모르시잖아요. (권김: 네, 전혀 모릅니다.) 그렇기에 저는 씨씨가 아니란 말이죠. 그런데 씨씨와 저의 삶에 겹치는 부분이 많았어요. 혹시라도 그런 부분으로 인해 정지돈 작가가 제가 선생님과 내통?했다고 오해할 수도 있겠다는 걱정이 잠시 들 정도로요. 그런데 그렇게 생각하지는 않겠죠. 소설은 현실이 아니니까요. (웃음)

저는 어렸을 때 집단 상담을 받은 경험이 있고, 그로 인해 제 삶이 꽤나 보편적인 형태라는 걸 알게 되었어요. 매우 감사한 경험이에요. 그렇기에 씨씨가 저와 겹치는 부분이 많다는 점이 별로 놀랍지는 않았어요. 그런데 씨씨와 D의 연애는 좀 놀라웠어요. 제가 해본 형태의 연애라서요. 저 나름으로는 전형적이지 않은 연애를 하려고 매번 애를 썼는데 벗어나려고 애써봤자 전형의 손바닥 안에 있었다는 생각이 들었습니다. 선생님께서 그 모든 포인트를 알고 계시는 것이…… 선생님의 내공에 대한 감탄과 함께 수치스러우면서도 묘한 해방감이 들었다고 할까요? 다들 이렇게 사는구나 싶어서 출처를 알 수 없는 소속감으로 편안해진 부분도 있구요. 어디에 소속된 건지는 모르겠네요. 농담으로 주변에 이렇게 얘기했어요.

아무래도 선생님이랑 셋이 사귄 적이 있었던 것 같다고.

권김

아……? (웃음) 재밌다고 해줘서 다행이었어요. 이건 사실 되게 폭력적인 내용 안에 있는 삶을 살고 있는 여자들의 얘기이기도 하거든요. 그런데 그걸 전달할 때 아주 재미있는 서늘한 농담처럼 전달되기를 원했어요. 그래서 웃기다는 평이 제일 마음이 놓이는 반응이에요. 현지 님이 이걸 읽고 어떤 트라우마 사건들이 우연하게 겹치면 어떻게 하지 그런 걱정도 좀 들었거든요.

현지

저는 사실 선생님께서 소설 작업을 한다고 하셨을 때, 그러고 나서 페이스북에

마감의 어려움을 얘기하실 때 혹시라도
선생님께서 트라우마가 올라오셔서
고생중이실까 봐 굉장히 걱정을 했었어요.
제가 고생을 했던 적이 있고, 글을 다루는
사람들에게 비슷한 이야기를 몇 번 들어서요.
마감을 못한 사람에게는 절대 아무 연락도
하면 안 된다고 배웠기 때문에 조용히
기다렸는데 선생님이 무사히 마감하신 듯해서
너무 다행이에요.

저는 아무리 생각해도 씨씨가 일종의
휴머노이드 머리빗이라는 점에서 씨씨는
어쩌면 선생님의 자캐 같다는 생각이 들기도
해요. 머리빗…… 헝클어진 머리를 정리해주는
거죠. 헝클어진 생각을 정리해주는……
권김현영 선생님…… 휴머노이드 머리빗.
정전기가 잘 발생한다는 건…… 따끔한 일침을
잘 놓는다는 것 아닐까요? 아아 소설을

소설로 읽어야 하는데 제가 왜 이러는지 모르겠습니다. 어지럽네요. (웃음)

권김

그건 정말 생각지도 못한 해석이네요. (웃음) 사실 마감을 못한 건 다른 이유가 있었어요. 작가의 말과 이 대화는 사건 자체에 대한 개입과 대화라는 차원이 있지만 소설은 소설만의 다른 목표가 있었거든요. 그걸 풀기가 좀 어려웠어요.

위픽에 보냈던 기획안은 정지돈 씨의 작품에 대한 일종의 패러디 소설이었어요. 《브레이브 뉴 휴먼》에 대한 페미니스트 패러디 소설로서 '포스트 휴먼 부라자' 같은 걸 써볼까 한다는 내용을 농반진반으로 써서 보냈죠. 그 제목은 그런데 호불호가 아주 강하더라구요. (웃음) 그리고 원래

계획은 인용의 10퍼센트가 넘으면 무단 인용이 되나 그렇잖아요. 그럼 딱 11퍼센트를 인용한 다음에 무단 인용으로 고소당해볼까 하는 생각도 있었어요. 문학적 재현이 법적 보호를 받는다면, 무엇이 어떤 논리로 보호의 대상이 되는가를 보여줄 수 있을 거라고 생각했거든요.

그런데 막상 글을 써보니까 잘 안 되더라구요. 쓸수록 패러디라는 방향은 아니라는 확신이 들었어요. 일단 저도 문학 애호가인 독자로서 소설이란 모름지기 서사, 캐릭터, 플롯, 문체 등 다양한 형태로 어떻게든 다른 심미적 경험이 있어야 된다고 생각하는데 그게 원작의 패러디라는 한계 속에서는 뭘 만들어내기가 어렵더라구요. 잘못하면 너무 유치해지구요. 이 프로젝트는 유치해지면 우스워지잖아요. 그래서 초반 한

달 동안 작업하던 걸 모두 엎었어요.

그리고 페이스북에 간접적인 고통을 호소했죠. 아아 망했다. 나의 마감 일정이여. (웃음) 그리고 작가의 말을 먼저 썼죠. 내가 이걸 왜 쓰려고 하지 라는 마음을 정리하는 글을 먼저 쓰고 그다음에 캐릭터를 만들기 시작했는데 그때부터 작업이 재미있어졌어요. 굉장한 전지전능감이 있더라구요. 씨씨라는 캐릭터를 만들고 여기에 양육자, 권, D, 큰모자, 노고, H 등 인물을 만들어서 상황을 주고 원하는 장면이 만들어질 때마다 엄청난 쾌감이 있었어요. 어떤 문장 하나, 묘사 하나가 완전히 캐릭터의 성격을 다르게 하는구나. 이 문장 하나를 넣으면 시간성이 달라지는구나. 뭐 그런 레이어를 쌓아가면서 그때 알게 된 건, 아! 이건 작가라면 모를 수가 없겠다는 거였어요. 자신이 그려낸

이 세계의 출처가 어디에서 왔고 어떻게 변형되었는지를.

저는 한편 좀 걱정한 건, 어떤 우연에 의해서 양육자에 대한 이야기가 실제 현지 씨의 삶과 겹칠 수도 있을까 하는 부분이었어요. 특히 양육자의 세계는 아주 폭력적인 일들이 일어났었던 것으로 설정할 필요가 있었거든요. 그런데 그런 설정에 대해 우연의 일치일지라도 어떤 감정을 건드리게 되는 건 아닐까 하고 걱정했어요.

현지

우선 저는 양육자를 모든 여성이라고 생각하면서 봤어요. 씨씨도 그렇고요. 또 선생님께서는 제 삶을 모르시기 때문에 저는 이 글을 완전한 픽션으로 읽을 수 있었어요. 그런 걱정은 하지 않으셔도 괜찮아요.

우연의 일치로 어떤 작품을 보고 제 감정이 건드려진다면, 그건 좋은 일이라고 생각해요. 제가 정말로 쓰인 것만 아니라면요.

권김

김현지 씨가 보여준 그런 태도 덕분에 어떤 이야기가 전보다 더 가능했다고 생각해요. 그래서 저도 이런 식의 시도가 가능했다고 생각하구요. 마지막으로 이 대화를 통해 꼭 남기고 싶은 이야기가 있을까요?

현지

저는 계속해서 이런 이야기를 듣고 있다고 느꼈어요. "타인에게 상처를 주지 않는 문학은 애초에 불가능하다. 공개적으로 대화하는 행위는 캔슬 컬처를 유발할 뿐이며

검열과 상처만 남긴다." 이런 이야기를 하는 사람들에게 당신이 함께하면 달라지지 않겠냐는 이야기를 하고 싶었어요. 불가능한 것이 어디 있어요? 불가능하다면 더 노력해야 되는 거 아닌가요. 대부분의 경험이 공통의 경험이라 할지라도, 공통 경험을 한 타인에게 상처를 주지 않으려는 노력을 이미 실천하고 있는 작가들이 있는데 그럼 그 노력들은 다 뭐예요.

제가 최근에 성폭력 피해 생존자 말하기 대회 오픈 마이크*에 갔다 왔어요. 평소에는 이런 행사에 참여했을 때 감정이입하게 되는 것이 두려워서 후원만 하는 편이었는데 이번에는 갈 용기가 생기더라구요. 처음에는 저도 모르게 이렇게 팔짱을 끼고 방어적인 태도로 들으려고 했었는데요. 방어는 도저히 불가능하더라고요. 마음이 열려버리더라고요.

점점 울게 됐어요.

행사가 끝나면서 다 같이 박수를 치고 마무리하려는데, 누군가가 저 할 말 있어요, 짧게 할게요, 하고 손을 들어요. 알고 보니 피해자의 어머님이셨던 거예요. 피해자분은 행사의 성격도 알리지 않고 그 자리에 어머님을 설명 없이 초대하셨대요. 어머님은 뭐가 뭔지도 모르고 오셔서 자기 딸이 무대에서 이야기하는 걸 보신 거예요. 어머님께서 말씀하셨어요. 네, 저는 피해자 누구의 어머니인데요, 너무 미안하다는 말을 하고 싶습니다. 저는 우느라 장면을 보지도 못했어요. 소리만 들었어요. 그런데 이상하죠. 어머님이 그렇게 이야기를 하시는데 꼭 저희 어머니 목소리처럼 들리는 거예요. 거기에 있는 모든 사람들이 다 너무 아이처럼……

권김

울었군요.

현지

네. 사회자가 어머님이 해주신 말씀이 저희가 너무나 듣고 싶었던 말이었던 것 같고, 어머님의 사과가 여기 계신 분들이 듣고 싶었던 이야기로서 잘 전달이 됐을 거다. 어머님 너무 용기 내주셔서 감사드린다고 말하고 행사가 끝났는데, 제가 기적을 봤다는 생각이 들었어요. 난 방금 픽션의 유토피아를 봤다.

오픈 마이크의 스피치 내용은 무대를 준비하는 과정에서 어느 정도 픽션성이 있잖아요. 용서하겠다는 내용을 말한 사람은 아무도 없었어요. 웃기죠. 사회적으로 피해자들이 얼마나 용서를 강요받는데.

피해자들의 감정은 실제로 얼마나 다양하고 사회적으로 통용되기 힘든 언피시한 감정들이 많은데. 이 사회가 피해자들에게 터무니없이 무결한 태도와 이야기를 요구한다는 것이 실감 났어요. 그건 거의 비인간이 되라는 요구예요. 그 요구에 맞서 피해자들이 그렇게 솔직하게 자기 이야기를 나누고, 그 이야기를 들으러 모인 사람들이 그 이야기에 응답하는 것을 보면서 이런 현장이 존재하고, 내가 이것을 정말로 보았다는 것이 믿기지 않았어요.

사실 행사 당일에 행사장에 가고 싶지 않다는 마음이 들었었어요. 가면 감정이입을 하게 될 것과 그 여파가 너무 두려워서요. 그렇지만 끝내 제가 거기에 가서 목격한 장면들이 제 안에 있었던 어떤 감정들을 많이 사라지게 해줬어요. 이야기하고, 응답받고,

현장에 참여하는 것이, 또 누군가의 이야기를 귀 기울여 듣는 것이 모두 중요하고 소중한 일이라는 생각이 들었어요.

한편으로는 이런 생각도 들었어요. 모든 경험이 타인과 공통의 경험이라서 그간 문학이라는 이름으로 동의 없이 그 타인을 기입해오는 것이 용인되었다면 그건 권리가 아니라 본질적 혐의라고. 그 혐의에 대한 사과 한마디를 기다렸던 것 같다고. 사과의 힘은 생각보다 강하다고.

선생님께서 소설을 발표하신 것이요. 제게는 무척 큰 의미가 될 거예요. 선생님께서 해주신 다양한 방식의 응답이 제가 앞으로 살아가면서 회복하고 누군가에게 귀 기울일 수 있는 동력이 될 거예요. 감사합니다.

권김

이런 이야기를 들려주셔서, 우리 모두 이 이야기를 알게 되어서 너무 좋네요. 저로서도 소설이라는 형식이 가진 놀라운 점을 직접 느낄 수 있었고, 새로운 말하기의 방법을 발명한 기분이 들어서 개인적으로도 아주 의미가 깊었던 작업이었어요.

오늘 같이 말씀 나눠주셔서 감사합니다.

* 성폭력 피해 생존자 말하기 대회 관련 언급된 부분은 행사 주최 측에 문의한 결과, 이미 신문기사에 공개된 수준에서는 언급이 가능하다는 확인을 받았음을 알려드립니다.

한 조각의 문학, 위픽 wefic

구병모 《파쇄》
이희주 《마유미》
윤자영 《할매 떡볶이 레시피》
박소연 《북적대지만 은밀하게》
김기창 《크리스마스이브의 방문객》
이종산 《블루마블》
곽재식 《우주 대전의 끝》
김동식 《백 명 버튼》
배예람 《물 밑에 계시리라》
이소호 《나의 미치광이 이웃》
오한기 《나의 즐거운 육아 일기》
조예은 《만조를 기다리며》
도진기 《애니》
박솔뫼 《극동의 여자 친구들》
정혜윤 《마음 편해지고 싶은 사람들을 위한 워크숍》
황모과 《10초는 영원히》
김희선 《삼척, 불멸》
최정화 《봇로스 리포트》
정해연 《모델》
정이담 《환생꽃》
문지혁 《크리스마스 캐러셀》
김목인 《마르셀 아코디언 클럽》
전건우 《앙심》
최양선 《그림자 나비》
이하진 《확률의 무덤》
은모든 《감미롭고 간절한》
이유리 《잠이 오나요》
심너울 《이런, 우리 엄마가 우주선을 유괴했어요》
최현숙 《창신동 여자》

연여름 《2학기 한정 도서부》
서미애 《나의 여자 친구》
김원영 《우리의 클라이밍》
정지돈 《현대적이라고 말할 수 없는 죽음들》
이서수 《첫사랑이 언니에게 남긴 것》
이경희 《매듭 정리》
송경아 《무지개나래 반려동물 납골당》
현호정 《삼색도》
김 현 《고유한 형태》
이민진 《무칭》
김이환 《더 나은 인간》
안 담 《소녀는 따로 자란다》
조현아 《밥줄광대놀음》
김효인 《새로고침》
전혜진 《고르디우스의 매듭을 자르면》
김청귤 《제습기 다이어트》
최의택 《논터널링》
김유담 《스페이스 M》
전삼혜 《나름에게 가는 길》
최진영 《오로라》
이혁진 《단단하고 녹슬지 않는》
강화길 《영희와 제임스》
이문영 《루카스》
현찬양 《인현왕후의 회빙환을 위하여》
차현지 《다다른 날들》
김성중 《두더지 인간》
김서해 《라비우와 링과》
임선우 《0000》
듀 나 《바리》
한유리 《불멸의 인절미》
한정현 《사랑과 연합 0장》
위수정 《칠면조가 숨어 있어》
천희란 《작가의 말》
정보라 《창문》
이주란 《그때는》
김보영 《헤픈 것이다》
이주혜 《중국 앵무새가 있는 방》

정대건 《부오니시모, 나폴리》
김희재 《화성과 창의의 시도》
단 요 《담장 너머 버베나》
문보영 《어떤 새의 이름을 아는 슬픈 너》
박서련 《몸몸》
금정연 《모두 일요일이야》
박이강 《잡 인터뷰》
김나현 《예감의 우주》
김화진 《개구리가 되고 싶어》
권김현영 《수신인도 발신인도 아닌 씨씨》

위픽은 위즈덤하우스의 단편소설 시리즈입니다.
'단 한 편의 이야기'를 깊게 호흡하는
특별한 경험을 선사합니다.

이 작은 조각이 당신의 세계를 넓혀줄
새로운 한 조각이 되기를.
작은 조각 하나하나가 모여
당신의 이야기가 되기를.

당신의 가슴에 깊이 새겨질
한 조각의 문학, 위픽

위픽 뉴스레터 구독하기
인스타그램 @wefic_book

 - 76

수신인도 발신인도 아닌 씨씨

초판 1쇄 인쇄 2024년 12월 6일
초판 1쇄 발행 2024년 12월 18일

지은이 권김현영
펴낸이 최순영

출판2 본부장 박태근
스토리 팀장 김소연
편집 곽선희 김다인 김해지
디자인 이세호

펴낸곳 ㈜위즈덤하우스 **출판등록** 2000년 5월 23일 제13-1071호
주소 서울특별시 마포구 양화로 19 합정오피스빌딩 17층
전화 02) 2179-5600 **홈페이지** www.wisdomhouse.co.kr

ISBN 979-11-7171-338-7 04810
979-11-6812-700-5 (세트)

값 13,000원